天晴らしい人生を

2014.
9. 4

妳的倩影

黃圻文

情詩精選集

黃圻文／著

自序

證明存在感染溫柔之妙方

　　再沒有比寫詩更能讓人由於推敲專注而幾近忘了駒光飛逝、真實生命身在何方之感！它讓人進入一個完全靈性對話深覺完美的境遇世界裏，由真實中一下子走入這麼一個寬闊充實忘我的自由狀態，這是創作帶給作者所延伸是真正快樂、道地滿足的富裕感覺，這應驗了我自己常掛在嘴上的一句話：「我不抽煙，詩就是我的煙；我不喝酒，歌就是我的酒！」這種自High的狀態，著實是現實中能夠讓我絕對自在保有自我至為難得之神奇妙方！

　　想到詩鬼李賀隨身攜帶筆墨紙硯，騎著瘦弱驢子走到哪裏寫到哪裏，從不拘小節而也善用時間抓住每一個當下的真切情感，不管現實中他過得如何，但我相信他是活在有知、有情的當下滿足裏自得其樂！蘇軾也是才華洋溢氣盛熱情有愛善感，貶至黃州後寫出了〈念奴嬌〉、〈赤壁賦〉等等膾炙人口千古絕妙佳作！往往生活中萬般的考驗試煉能是創作上一股無形的推動力量，它讓受苦的靈魂有了基本的撫慰以及反思尋求振作的正向出口；當一個人戀愛失敗、事業不順遂或者在現實中遭受排擠打壓，一支筆一疊紙真也可以發揮極大作用，縱然內心傷痕累累卻更流露溫柔得以自我療傷超越，找到重新整理思緒的最佳方式，而亦不會經常比較去對現實種種產生負面的破壞與人身攻擊，像冰塊鎮壓火氣、花朵帶來芳香，而能敞開胸懷更去接納包涵諸種存在世界無法符合期待的不完美！

　　每每在不同環境人事傾軋、工作氛圍的諸種複雜因素中滋生寫詩的念頭以便可以同步抒發情緒，或許不可否認我先天上比較

敏感多情，喜歡觀察甚至想像力豐富難以裝聾作啞，縱情寄意在不同藝術領域表現中，既讓時間不致虛度留白，更也適時留下真切靈動活著的生命軌跡，感謝上蒼給我這麼一個多彩多姿的人生，而也感動這一路上際遇中值得記憶的事物，由於諸多識與不識者的參與互動，使我覺得愈來愈是活得精采快樂，愈來愈具創作的驅動力！

　　這是我的第五本詩集，也是相當不具壓力的寫意人生反芻表現，這一輩子不曾想過這些靈動的情感可以整理成詩作，而且如同孩子一般，在一段時間醞釀之後即一個個被生了出來，或許迄今仍然未有完全滿意的作品，但藉著拙作的整理出版，也更輪廓清晰展現抓到並且保留自己另一較為隱微的情感起伏脈絡軌跡；有時想到社會愈來愈是現實，物慾化的社會文化消費人口日愈萎縮，即使創作者用心也少能同時受到關照在乎，這麼敝帚自珍死心踏地而且勞命傷財所為何事？我想我一直未曾在乎人生中所謂的成功失敗這一回事，我在乎的恐怕是大家可能會嗤之以鼻很難被具體化的內面價值；人生最終的價值在於覺醒和思考的能力，而不僅僅只是填飽肚子換得生存而已，即使很多人隨波逐流迷失了方向，但我相信傻人一定會有傻福，創作不就是傻人傻福的印證，如此人活著才是值得，非但值得安慰，而且隨時隨地也都能感到相當開心！

目錄

6

妳（一）

那些花那隻貓的足跡
那些風風雨雨
那些揉揉抱抱的淒迷
再沒有比沈默更多的回憶
是甚麼樣的歸心在離別後甦醒
俯拾皆是的落花
會是昨夜星辰的戀情
讓美與愁都歸位
風來了又走
妳也是

2009.2.13

倩影

不想騷人墨客
只是朝來朝去
雲和雲
說好不離情依依
美無言
既柔且輕的身影
有人看出蝴蝶
剎那間
是熟透
經典之美麗
美麗之飄浮
飄浮之永恆
哇！
匆匆一瞥
最性感的春天

2009.2.13

偈

車水馬龍的街市
埋藏青春的奢侈
掩飾純真之年輕
能比誰更嫵媚
看華燈初上的齒輪
轉啊轉
天邊的晚霞是伊的腮紅
享受
孤獨的灑然
浪漫
唯一的忘懷
無爭不奪的期待
時間自然閃開
生命自然消長

現在的心和過去的雲連線
靠一條千里迢迢的情緣路
日日月月風雲際會
無形的仰望
如一對翅膀
飛在充盈的美中
在天涯茫茫的汗滴裏
停看聽
安安靜靜
彼此最深的感動
聚攏久久繚繞不去
那煙一般的足跡神祕
那虹一般的心情沈寂

2009.2.14

浮生緣

也許
海角天涯就這樣分道揚鑣
莫為孤索披頭散髮
何曾浪蕩
只是美麗太匆匆
愛
難道也是
無須不捨
未佇足

2009.2.16

愛冷卻了

為了追尋那些花的記憶
在雨後開始梳理心情
蜻蜓點水浮生若夢
未入懷的夢像雲
妳在遠方緘默
千萬封情書寄不出去
任由歲月
在最美最美的歎息裏
在最深最深的眼淚裏

2009.2.21

花蝴蝶
── 看安迪‧沃荷畫展有感

那一天我上臺北散心
瑪麗蓮‧夢露的性感嘴唇
在安迪‧沃荷的畫中跳出
商品被大量消費
普普搶制機先
錢滾錢
浪漫多了銅臭味
銅臭味被包在文化中
管它是謊言
最美麗的虛情假意
藝不藝術不會是你說的
我跟著隊伍朝聖
為了翱翔
一生創作
我和你是不是都是
花蝴蝶？

2009.2.21

在幸福裏

聽著那首歌
大自然的樂音
慢慢熟悉
智慧逐日增長
曉得節奏之生命揮灑青春
打動人心
言詞多餘
只想靜靜徜徉
甚麼都不想
在幸福裏

2009.2.23

回聲

有一些靦覥
剛開的花朵
綻放著青春的氣息
妳依偎著美麗
是開心的臉
我迂迴在忐忑的盼望裏
美有著輕盈的眼
讓深情沉睡
妳自那頭傳來問候聲
有情僅止於禮貌性的溫暖
我心已累
寧願黃連塞嘴巴
可以踏綠踩紅
愛情只是顧不得理性
最囂張的春天

2009.2.24

溫習記憶

今夜餐廳裏小貓兩三隻

微寒的春天

帶來了我日夜渴望的律動

是歌手嘶吼的吟唱

霓虹燈照舊迴旋

想打通電話

給妳

然如果還是冬眠情味

老掉牙的話題

如何喚起注意

我是天邊那朵流動的雲

在街頭我佇足聽那首藍色的憂鬱

妳可想騰出位置

讓我全然在那兒

慢慢溫習我們

曾經有過美的記憶

2009.2.26

謳歌

.

那些旅程貫穿一生的故事
我浪蕩的心渴望救贖
再沒有比流行更容易健忘的感情
聽他賣力的生命謳歌
刻意像是沒有時間存在的共時麻醉
我喝著那杯著實莫名甜無限妙的果汁
遠離那種浪漫的情愛花園
我猶新生之幼兒
對一切無比好奇
遺憾
妳依舊不在身邊

2009.2.26

迷濛的愛

為甚麼我不再迫切想要知道
雨淋濕了身體
更掩蓋不了那些野菊花的落寞
空無一人的世界
只要有妳熟稔悅耳的聲息作陪
我的宇宙充滿陽光喜悅
那是穿越時空的召喚
更是靈一般的宗教
愛情
不是迷幻藥
在遠處佇足是我的
背影
當回頭
會是千年萬年的糾纏
將苦忘卻
容得下淅瀝的雨聲
迷濛的愛
淒涼的美

2009.2.26

百合花開了

百合花一定開得燦爛
我們的天空多麼廣闊
雲兒飄啊飄
飄滿心頭
我在想
離妳愈遠愈清醒
能專情安心
讀妳賞妳
愛妳

2009.2.26

需要玫瑰

需要一朵玫瑰
帶著芬芳的撲鼻安慰
沒有哭泣想念是拋物線
洋溢活力的春天
沒有約定
我們彼此祝福
用心

2009.2.26

眼淚

去年的雲又來
還是一身潔白
未知風兒是不是也是
去年
離家出走歸來的心
我的夢早已褪色
是飄浮的蒲公英
是離亂的繽紛
是透明的
透明的
眼淚

2009.3.6

香格里拉

只耳聞香格里拉引人入勝
在傳說的海角天邊
坐在這裏翱翔
自由的思緒
揮灑一地
此地也是香格里拉幽境
柔柔淡淡的微風
與世無爭格外窩心
我想這寧謐淡然之愜適
也是香格里拉
具體的
形而上的

2009.3.6

閒情(一)

來同妳約會
以忘我的心境
人來人去
無語休憩
彷彿不知不覺
我也融入風景
任人隨心參觀
流動的生命
片刻沉思
連帶也為風景
畫龍點睛

2009.3.20

上帝　請給我

心中的上帝啊！
請給我許多關於美好愛情的心境
請給我遺忘悲傷的能力
請給我能勇於看淡得失
請給我留住感動沒有遺憾
請給我擁有瀟灑如白雲
請給我沒有嫉妒貪心
請給我能不斷超越迎向光明……

2009.4.11

創作　創作

為了創作
沒有軟弱也沒有造作
何必為了要讓大家認同而苦惱
何謂創作？
創作為了甚麼？
何必因為無人瞭解感到失落
創作不是罪過
創作沒有理由
來自感動因於執著
創作　創作
我們要用全部生命來創作
我們要以一生展現成果

2009.4.15

妳的倩影(一)

那是生生世世的約定
也許妳可以裝聾作啞
妳也可以充耳不聞
千呼萬喚妳沒有應聲
千山萬水我也只能讚歎默然
是否春風早已吹遠
我的行腳我的天涯
而妳　妳的倩影
一直是揮之不去
淡淡愁緒的美麗

2009.4.29

滿地花

馱著靈動的身軀
夢也是具體鮮明
我又走入靜寂的世界
只有樂音相隨
何必歸去來兮
何苦任由心兒如雲迷濛追逐
美麗的足跡
滿地的花
最最要命的
相思

2009.4.29

隨心歡喜

妳進來

他出去

他進來

妳又走

是不是捉迷藏

造化弄人

是不是沒有默契

生活如此

未事先安排

何必在乎

隨遇而安

隨心歡喜

2009.4.29

浪蕩江湖

山依戀著水
浪蕩江湖
真的可以
靜心

天依戀著地
放蕩江湖
真的可以
寬心

我依戀著妳
浪蕩江湖
真的可以
開心

2009.4.30

關於風讓葉子墜落的午後

是誰招惹了風
把那些記憶都吹散
葉子咔咔作響
是因為墜落
滿地亂竄
為了逃避
感情

2009.5.1

蝶

想想妳無聲無息的感情
白皮書
厚厚一本一個字也沒寫
就只是原來
素素扉頁的空白
千言萬語千絲萬縷
似禪
如如不動
設使飛得起來
我就是傳說中
虛無的
蝶

2009.5.1

真實　如夢的真實

當我想著人世間的許多
愛恨情仇
沒有依據的軌跡
我尋尋覓覓跌跌撞撞
最初的天空
鳥兒也消失
無影無踪
一笑置之
非不願回首
深怕觸景傷情
深怕淚眼婆娑

2009.5.1

梔子花的世界

那幾朵白色的梔子花
裝滿整個清芬的溫馨
是愛平素的美
是美深刻的溫暖
讓鼻樑最最酸楚
揮也揮不去的芳香
是最最痛快的美麗濃郁
哦！受不了
受不了的清新潔白

2009.5.1

百合花

妳就一直是欲開將開的百合
撒播著純潔與愛
儘管季節更迭
亭亭玉立的姿態
靜靜迎風
節奏著無意卻灑然的生命

2009.5.2

曾經

是誰為我哼一支歌
那是最最熟稔的感情
在已知與未知之間
山水沒有表現愛戀
只有自由的四季流轉
當我再次聽到妳的歌聲
或許我們都老
我們的記憶只能是曾經
美麗而溫馨
就像花的開啟與凋落
像流水不回頭
唉，歎息又如何？

2009.5.4

夜 風來叩門

覷覰著含苞待放般的春天
渴望在水源處暫歇
我是無踪無影的風
妳在雲端看我
是否我是塵俗的沙
被風雨踐踏
讓光陰一個箭步縮寫
妳眷念或許我早已忘卻
夜裏風又來叩門
那是妳的跫音
在暗處竊笑
無人知曉

2009.5.4

花與詩

妳殷切叮嚀
其實花是不理永恆
而詩也未能保證愛情
僅供參考
吟誦會很安慰
讓彼此開心
久久沒有嘮叨
願意乘著翅膀帶著浪漫旅行
串聯成這一生一世
滿身芳香無法無天放任絕對
絕對的美

2009.5.4

輕歌㈠

走過那記憶深刻的山路
蜿蜒的美是伊身世的傳說
來自異域
讓我們驚心熟悉之聲音
原來穿透的是
千里關山
心之行旅

2009.5.18

喇叭花

其實喇叭沒有聲音
任管它大鳴大放
以色彩以生氣美麗
對著微風哼著情歌
好一朵天下太平
好一朵默默含情
好一朵平淡溫馨

2009.5.22

風　愛的力量

風是最廉價的溫柔
到處是隨時是
是最具EQ
也最活躍最美的舞者
是最開心最有赤子心的美
只要我們有心
只要有些時間
它總愛來造訪總愛來寒暄
妳說它是不是無聊
其實它是怕我們孤單
它是不希望世界就此少了愛的力量
少了那一種
剪不斷理還亂的深刻愛情

2009.5.23

生命　一起來唱歌

為甚麼撩撥心弦
那是自然的音樂
為甚麼傾心專注
那是四季的容顏
為甚麼永不停歇
那是呼吸的感覺
為甚麼濃情蜜意
那是人間的愛情
為甚麼義不容辭
那是你我的生命
唱吧！創造美麗
唱吧！分享開心

2009.5.23

叫醒愛神

一直
我始終有著渴望
是聞到花香
是浸淫在星空的世界
今夜
風來回摩挲
讓吾人印象格外深刻的情歌
蟋蟀同步和音
我不想再沉睡
趕緊走入花叢
同步與風共舞
與蟲叫醒夢中的愛神

2009.5.23　中州科技大學

閃爍著光明

展望一生的軌跡
山川日月
地球自轉又公轉
我們的夢如詩一篇篇
水悠悠串起相思
一寸一寸的逼近
我是螢火蟲
閃爍著光明

2009.5.23

鳳凰花的心願

也許鳳凰樹又將開花
生性本然的熱情
管它所謂離情依依
我會等候
用滿地的火紅
展現情感織錦
送給在我心中
永遠的情人

2009.5.23

春天

春天濃縮在一朵花裏
春天繽紛成彩色的世界
春天是我們快樂甜蜜的時光
春天是一切美麗的詩
春天是樹上雀躍鳥聲的撫慰
春天是妳在我心中何等重要不能被取代
春天是從年少至老一直樂觀開心
春天是溫柔與愛死心踏地彼此依偎的信賴
春天是四季有浪漫有美的生命禮讚

2009.6.8

瀟灑之歌

這一輩子妳不能瞭解我
這一輩子妳不會來辜負我
這一輩子我追著理想跑跳碰
這一輩子我眷戀著浪漫愛情
這一輩子我像蝴蝶翩翩
這一輩子我像流雲不想安定
這一輩子我像燕子喜歡春天
這一輩子我不願只是一隻
理該如許認命的寵物
被框在現實慣性的牢籠裏傷心
只要有妳只要有愛
只要有夢只要有心
我不想只扮演四處為家風的角色
也不願只是一片飄零的葉子
我像水我像流也流不停
我像雪我像留也留不住
陽光中的記憶

2009.6.29

吹起愛情風

風為何一直不來
世界充滿愛
妳何必拉起界線
我只是順道路過
對妳凝視
期待這一次趕快吹起
吹起愛情風

2009.9.14

那美

也許美不是奢侈的渴望
在山巔水湄
在細微的悸動裏
唯一
離開也無限回味
不能淺嚐即止聊勝於無
過程裏
愜適溫馨
至美
含淚

2009.9.14

回憶

回憶是一張明信片
有著郵戳的人文
帶去歲月的美麗
留著脈動的意趣
不是收藏不收藏的頂禮
或許那是存在的感情
逝去的
難以再回的甜蜜

2009.9.14

平靜

不用再躲了
何苦庸人自擾
傷心
讓孤寂十萬八千里遠去
春去秋來由時間轉換
讓心情是平疇綠野的景觀
清風能慢慢拭去
妳的淚水

2009.9.14

是一齣戲

是靜寂的長巷
走在達達馬蹄之後
擁有幾多蝶飛之悠閒
在古畫之中
在最真的夢裏
諸多想像只是超現實
生命隨風吹草動
未知不也是神祕
極具魅力的神祕
極具魅力像精靈隱身花海
撩起千波漣漪
忘了歲月如梭
原來今生荒謬
是一齣戲

2009.9.14

涼

這舒服的涼
是莫可扼抑老天貼心
只要坐著
就是富翁
甚麼都不想
就只是
坐著
比吃冰還享受
比玩水還舒爽
不想走開
整個涼
涼入心坎

2009.9.25

向晚

華燈初上以後
一種趕路的匆忙
串連成為向晚的曲調
那唧唧蟲鳴和著人們的寒暄聲
自遠處傳來
晚風徐徐
是聯結了塵囂
還是揮別了寂寥
這晚這夜
迷離復迷離

2009.9.25

現實生活

喂，你是來這兒打情罵俏
還是單只留連
這年代沒有祥和信任
一切的應對都是速食
連休憩都講效率
因為文明
逼得人類喪失本能
拋卻理想
除了銅臭味還有甚麼？
還有甚麼值得慰藉
窩心恐怕會是
難以企及的惡夢
糾纏著生活
在打滾中至極荒謬
此乃
現實生活？

2009.9.25

為何愛情只是一趟孤獨的旅程？

是不是風來得太早而也太急
也許甚麼都沒留下
只留下一些回憶
那是別離的淚水與深深的體溫
不知道我能否再找回當初的感動
更無法瞭解那早已迷惘的愛情
妳離我好遠不希望我去用心
因為叛離只想用千百個謊
去圓一個謊
哈哈哈，愛情
唉！並非不相信
只是道地我傷得好重

一直有著暈眩窒息的感覺
風啊
你切莫再來挑釁
難道你以極大的勁
在竊笑我的懦弱和愚蠢
算了，我會馬上離開
走出你的視線藩籬
也許我是罪該萬死
不明白愛情只是一趟孤獨的旅程

2009.10.23　逢甲大學

等待

莫笑我那樣純真
你不告而別難道是怕我傷心
這一年很快走入歷史
你內在的溫存我牢記在心
不是搖滾的快節奏
走在單行道上無法回頭
你的行囊勢必笨重
大聲呼喊千言萬語
在風中只是一聲歎息
我的心海依舊平靜
在等待你歸航的消息

2009.10.23　逢甲大學

匆匆離開

在上個世紀和下個世紀之間
許多人間故事似電影上演
不管主角是誰
劇情可否賺人熱淚
有一天我們可能發現
早已悖離先前軌道
狂風暴雨
囚禁自己甚至靈魂
到底人創造世界
還是世界給人機會
我不想預設答案
你笑我庸人自擾
我確切告訴你
來襲的風
不在乎匆匆一瞥
讓我也想匆匆離開

2009.10.23　逢甲大學

痴

想念好美
只是多了一些感傷
風不太急陽光灑落一地
這個世界格外顯得清新
懂得割捨由於奮起
在感情的灘頭站立
站立成風中的蘆葦
莫竊笑
流水潺潺
我一直是
那不想回家的雲

2009.11.2

聞香

容我笑
笑成早開的含笑
蝶兒蹁躚
是否牠也同我一樣糊塗
聞香而來
踏青
只因不想擁抱寂寞
春天來了
愛情是否也來報到？

2009.11.2

送妳關心

那一天妳探頭
不想要知道甚麼
似乎有人喚妳的名
也許那羞怯和期待
寫在臉上
妳是那朵薔薇或者玫瑰
送妳關心
我手留餘香

2009.11.2

美與真

也許路會越走越平
山巔水湄我依然哼歌
是童年的心情
生活磨難教不會市儈
我的美沒有偽裝
我的真是那一株
再樸素不過的日日春

2009.11.2

挑戰　夜行

山有著堅定的勇氣
水無論如何都改不了流浪的本質
不管雲來不來
不管我們心中是不是有愛
日日複習聆賞大自然蟲鳴鳥叫之天籟
開懷迎接未來
那小精靈在窺視著嫉恨
小天使只為童心歌唱
沒有紛爭唯獨激賞
月夜在貓頭鷹的銳利眼神中
我們不需武裝沒有失望
只有向前
即使摸黑
我們一定可以跨越藩籬突破謎障

2009.11.2

閒情㈡

那靜得無聲無息的等待
容我再多些想像
是妳有心留下這一盆精心的花藝
奔向美麗
走入心坎
沒有慾望的解放
讓四季流變
成為我們沒有負擔緘默的溫暖

2009.11.4

早到的鳥兒

路又長又遠
心甚累且慌
那些風風雨雨
讓它留在九霄雲外
我們對視而笑
早到的鳥兒
只顧在一旁蹦蹦跳跳
唯獨善意目光
否則
牠們很快就會消失
證明叵測人心難防
牠們相當不安

2009.11.4　嶺東科技大學

瀟灑活著

是否驚魂未定
天搖地動
會是世界末日？
不許幸災樂禍
活在未知中
我們一直有著夢
當一天和尚敲一天鐘
你無須笑我傻
誰都不知明天將如何
不許消極
瀟瀟灑灑漂漂亮亮
走一回

2009.11.5

愛情 開心

好藍的天
好美的水
問蝴蝶你將去哪兒找伴
麻雀好吵老是唯恐天下不亂
我們的春天繫乎真心
你我的理想國早已讓愛情入住
讓小雛菊見證我們的甜蜜
祝福我們一生一世
開開心心

2009.11.6

愛　不能量化

解開枷鎖

生命的來龍去脈迂迴曲折

沒有人在乎仁義理智

那是資本主義大敵臨頭生存競爭

找一扇窗透透氣

無妨找一個人聊天

也許我們抗衡清貧

我們擁有愛

愛不能量化更無需談錢

2009.11.6

我們的歌

可以告訴我些許訊息
當華燈初上晚風陣陣吹拂
我只是路邊風景
而妳是天涯飄泊的旅人
夢已遠離
沙啞的聲息少了氣力
我們的歌好久沒唱了
不知不覺熱淚盈眶
要感動別人
得先感動自己

2009.11.6　嶺東科技大學

想念　妳像一陣風

進入蕭索的世界
妳離我十萬八千里
也許我的祝福如水有著淒涼
一個人的感覺
整個世界即是冬季
妳可曾回眸對感情在乎
依然我在世界的角落望向萬家燈火
我夢裏有妳
不知妳的夢是否有我溫暖的窩
始終妳像風
捉摸不定海角天涯不留痕跡

2009.11.20　嶺東科技大學

愛情隨風

我們的生命旅程
是上弦月和一顆孤星相對默然
妳是我自早認定的唯一
歲月縱然匆匆
我們不能就此互道再見珍重
快樂的時光總是太短
來不及認真我們已分隔兩地
妳是我前世的水仙
如夢似幻心中感到一股冰涼
很深思念渴望重逢
不要孤星望月
前塵往事淚眼婆娑
我們的愛隨風
我們的纏綿隨風遠離

2009.11.23　朝陽科技大學

愛像碎裂琉璃傷我心

不知道為甚麼想妳
何以夜蟲呢喃長夜漫漫
涼風引人哆嗦只因一個人
由山巔望向整座城市
沁涼如水唯獨陌生
妳像是翩翩流雲
關不住熱血沸騰的心
沒有勇氣又奈何
逝去的夢浮現
妳我的春天何必捉迷藏
海誓山盟的愛情
依舊是碎裂的琉璃
折騰刺痛傷我好深

2009.11.23 朝陽科技大學

醉醒

根本就不想開口
即使因為寂寞
打從那年落葉時節大雪開始紛飛
我們在花海中追逐
夢是你我年輕的蝴蝶
飛過千山萬水掠過花叢
我因你而笑亦為你傷痕累累
不是見景傷情因為有心
你走後我更清醒
醉後我拾起那束帶刺玫瑰
拋向天際不再回頭

2009.11.23　朝陽科技大學

妳的倩影㈡

我們的故事真的沒有結局

年華老去愈見糾纏

月亮或許也笑我們傻

為何未曾在意

當我們年輕溯溪採花

花瓣竟是分崩離析的愛情

我願為妳守候

讓愛融化迎接春天

夜深露重

擁有一千個春天

在我們的心中

想妳愛妳紛紛擾擾

我願一直待到天明

太陽升起

有妳喜孜孜的笑靨

有妳秀髮飄逸清純倩影

2009.11.25

美麗未留花香

請牢牢記住
我們山盟海誓的約定
踏著腳下層層的枯葉
風未曾帶走思念
我在林中寫詩
想唸給妳聽
無奈妳是飄浮的雲朵
離我好遠
山裏白茫茫的霧一片迷濛
想呼喚成了春雷一聲輕歎
為何鳥無踪影美麗未留花香？

2009.11.25

原鄉

我有好多雀躍的輕鬆

當妳深眸淺笑世界美了起來

午後那一陣雨讓人隔離悲傷

我依舊流浪

在半醉半醒間

蘆葦花滿山遍野喧嘩

妳我並肩在河邊閒坐

聽秋蟬吟唱老生

也許夢裏方真正感覺溫暖

那把舊傘在屋裏某個角落懺悔

是走了又停晴雨未定

愛似乎被懸在半空中

情任水漂流

驚豔為明日開窗

愈來愈朦朧的世界

跟我說Bye Bye

我的愛冬眠未醒

我的心是長長的一列火車

揮別憂傷駛入愛的原鄉

2009.11.25

甜蜜傳奇

不停澎湃
生命大海的浪花
衝起推高倏忽回到平靜
上一朵浪花和下一朵浪花
一起完成生命
莫名驚奇
幸福的滋味
走在沙灘涼風拂面
天好藍白雲飄過
最難忘的夏日午後
一生是傳奇
甜蜜且迷人

2009.11.26

消瘦

這條路上我們擦身而過
因為記憶生命更加繽紛
默默
神祕小徑
灑脫出走
從春天到秋天
沒有回頭的佇候
就這樣日復一日
消瘦

2009.11.27

蕭蕭

不復記起
難道我們萍水相逢
那姹紫嫣紅只是怕我們失落
為了敲醒那子夜的夢
我們在愛情裏泅泳
妳裸露的心如空氣冰涼
妳再三強化的靈動毫無影踪
也許詩解決不了三角問題
畢竟來了只是蕭蕭

2009.11.28　中州科技大學

夜裏醒著　都是妳

啊！妳是一隻小小鳥兒

妳美麗飛翔

我任月光如水潺潺流浪

在穹宇一角我未得幽靜清閒

是情奴還是愛奴

是塵沙還是輕煙

裊裊的世界讓我沈醉

是該靜靜守候

怎知邂逅也能輪迴

都是妳

醒著

夜裏

2009.11.28　中州科技大學

繽紛待妳

就讓花自己來說話
莫怪歲月無情
一種轉換
在這短短的驚豔裏
更能張揚花之美麗
那一條熟悉的巷弄一直有著傳統
對愛不棄不離
讓心似花園繽紛

2009.11.30

天空之城

莫回頭在秋詩篇篇的林園

我們惺惺相惜

送走波折

我們沒有歎氣

淒美是晚霞的歌

蜿蜒的路徑

和著汗水的情感哼啊哼

是這一生沒有懊悔

我看天空的飛鳥

飛鳥上方的天空

只是藍

只有超然

2009.11.30

愛情這一條路上

為了理想
愛情傷痕累累
子夜輾轉翻身
不免暗自神傷
幸福用不到保證書也沒有GMP
浮浮沈沈
在這一條路上
走走停停
盤桓逡巡

2009.12.7

我的歌

使盡氣力
我在這裏左顧右盼
不因空間狹隘關鍵卻是看待
默默喝下那一杯苦酒
我也不是無敵蓋世
在冬天和春天之間
搭起一座靈魂橋樑
啊！風聲琴聲在在入夢
我們的線是契合的兩端
在茫茫的風裏
答案啊答案

2009.12.7

我們的詩

何必尋尋覓覓
每年風還是送來花香
依稀我們的記憶被喚起
走過那些熟稔的鄉間小路
許是年華老去兩鬢翻白
溫暖的心陷入另一個陌生
誠然世情冷暖
我們的詩是他日相逢

2009.12.9

落葉人生

為了那滿身的榮耀
我們四處跌撞
無分四季晨昏
甚怕被以過客看待
使盡氣力留下軌跡
我們不想浪蕩江湖
只是無人在乎
當沉靜下來
與月亮相望
相看會是兩不厭？
無妨相守到天明

2009.12.9

青春小鳥

最美的依靠是歌
世紀初的清定澄明
當世界換了一個頭腦
生老病死或許不再痛癢
你說現實殘酷
還是生活過於無聊
看花喜孜孜迎人
它是最繽紛的春天
不再年輕還好有夢
看山是山看水是水
然這絕非初衷
我們被需要而也被造化
嘴裏老愛哼著：
「太陽下山明朝依舊爬上來，
花兒開了明年還是一樣地開！」

2009.12.11

那一天薄暮時分印度櫻花墜落一地

那一天

冷風颼颼

剛下過雨的天候

印度櫻花紛紛

墜落

生命未曾能留下甚麼

如同薄暮時分印度櫻花

紛紛

是搔首弄姿的姑娘們

囂叫竟完全無人因應

視若無睹

任風

吹

2009.12.26

Oh My God！過年

Oh My God！過年
像一場瘟疫
教返鄉的遊子
在路上都
雞
　　飛
狗
　　跳

Oh My God！過年
像一場戰爭
教出門的遊客
在現實都
七
　　上
八
　　下

Oh My God！過年
像一場餘生
教收假的心情
在恍惚都
半
　夢
半
　醒

2010.2.21

三月的風

一杯酸梅汁串聯起
既親切又陌生的呼吸
初次天南地北
也是唯一
我們一直聊著藝術
無可救藥我是敝帚自珍
生命曾經的記憶
青春再次被喚起
沒有代溝最好
依然期待知音
彼此我們想著

幸福可以互補
空集合是過去式
某些交集是現在進行式
這個城市多了笑聲
夢可以真實被感受
花團錦簇
三月的風
柔柔　萍水相逢
淡淡　互道珍重

2010.3.18　臺中科技大學

天涯浪跡

有著千年萬年的愛
流浪不是倦鳥歸巢
生命之歌唱啊唱
千山萬水夢裏依偎
五湖四海心中留連
讓光逡巡每個傷痛世界
讓美展開翅膀翱翔
讓淚化作煙
幾多美麗
匆匆一瞥

2010.3.22

妄想

我寧願春寒料峭
只是悄悄沒有記憶
我在慣性裏溫習
熟悉
不管鳥聲是不是清晰
宛然只能褪下密密麻麻的
憂愁
裸露身軀就
站成雕像
沒有曾經
絕對沒有遺憾
不
我是妄想
想成為不回家的
雲

2010.3.26 逢甲大學

想念是否也是流行病

也許我堅毅如山
在閑靜的懷抱裏
只有風聲逼近
葉子與葉子摩擦
少了活力如此這般
時間一分一秒啃噬生命
想念是否也是
流行病

2010.3.28

傷春

慢慢變得蒼老
也許一天一天
沒有預警
花謝了

2010.3.28

難過因妳

讓我想想
不要太多理由嘮叨
寂寥的感覺稍稍清醒
別為我哭泣
像雲兒飄泊的旅行
就當世界是一場夢
別再想
怕你一直在乎
完全沒有記憶
難過因妳

2010.3.28

憶

是不是那一片雲早已消失
是不是沒有默契
望向那一遍長滿嫩葉的樹海
也許妳是未曾在意
獨聞鳥兒喜孜孜歌唱
時間沒有敵人
在褪色的熟悉裏
一個人

2010.4.6

瞥

一直重複畫著畫著
驅趕當下多出的時間
這一整片寧靜
只有淅淅瀝瀝的雨聲
只有來來往往
滿身溼漉漉的身影
打從眼前掠過
他們匆匆
只是一瞥
和我一樣
是過客也是歸人

2010.4.8

海角一隅

依然我在此盤桓
想著關於愛情的神話
不知鳥兒飛走又來
而葉子也不知掉了幾回
冷冷的午後
陽光似往常問候
那白雲會是天空的蝴蝶
而漸行漸遠的跫音
是那樣熟悉
在海角一隅
未知的美
幸福會是初春的
捉摸不定的
思念

2010.4.9

刺骨竟是春風

那姹紫嫣紅是慣常的喜氣
伴隨甜蜜
翩翩起舞一長串綺麗
好刺骨
春風不留情
讓我既窩心復擔心
你一次次循序加快馬力
怕流水無聲情依依
願好花常開
四季常綠

2010.4.9

想妳

一直雀躍若風之旅行
不斷相思只是距離的空集合
未知妳依然堅持
莫打擾更不要支支吾吾
春天的風也像戀人
看來嬌羞小鳥依人
滿地的乾葉是為了再生
驚喜一路伴隨
滾輪般掠過寧靜的空間
這美悄悄的
在內心深處偷偷的
想妳

2010.4.30　逢甲大學

風語

這鐘聲一定可以傳得好遠
這世界很多人儘管撫拭傷口
甚麼鏡花水月無人在乎
我折疊著感情
想藏在季節的角落
就怕祕密被洩漏
無須躡手躡足涉水賞花
在雨過天青的午後
刻意撫觸我的臉頰
那風

2010.4.30　逢甲大學

邂逅

匆匆一瞥
款款白皙的美
在最近的遠方
火速與妳擦身
心喜若狂
整個黃昏
只有美麗
唯獨窩心
愛慕
溜滑梯

2010.5.13

妳　是音樂

青春若花

美麗如星

在長長的假期

孤鳥劃過天際

甜甜蜜蜜的笑聲遠去

找尋

跌落在深復的世界

妳

是音樂

既清新又溫馨

節奏

2010.5.13

雨來寫詩

在紙上畫來畫去
塗改著
淅瀝的雨聲在風裏
格外清晰
大夢初醒
整個人生不會只是為了愛情
或是唯利是圖蠻幹流汗
在亭子裏寫詩
安安靜靜
自己在跟自己
談心

2010.5.30

一個人喝茶

我喝著一杯茶
沒甚麼想法
一坐半個小時
信手塗鴉
並不是無聊
只是多了一些時間
不塞入行程
完全放空
賞味騰雲駕霧
喝一杯茶
哈哈哈

2010.6.1

伊

仍是這樣幸福的渴望

扇葉擺盪著時光

召喚甜美窩心

靜靜想

甚麼風花雪月不歸

遙想當年

風姿綽約

小喬呢

伊柔美嬌羞

江山渺茫

無法逃

絕對粉紅

不一定知己

由蒙太奇的電影中

走出

定格意象

是錯誤的

好一個臃腫的

姥姥

2010.6.1

旖旎快車

東奔西跑
滿街都是一閃一閃的火
剛從百貨公司走出來的人潮
劃過這冷冷的長街
趕赴另一場約會
不可能會暫時停下腳步
那Taxi
愈晚愈是活絡
不夜城慾火囂張
愈來愈High
燒錢不眨眼的世界
經常冷漠伴我歸

2010.6.1

初夏

依然有著許多憧憬
那是初夏微雨無風的燥熱
也許沉默是一把花雨傘
撐起我們溫存的青春
在斗室裏冥想
窗外穹蒼依稀有著星光
跑跑跳跳的年紀印證此生
沒有留白
走過這一條小徑
那些盛開的阿勃勒雀躍無比
欲語還羞的花
探頭等待日出

2010.6.4 逢甲大學

風中

任由風吹草動
是不是連鳥聲都是悠閒
打打鬧鬧的麻雀
和我們相當親近
雖然一直有著頂天立地豪氣
風中順著落葉的方向
逆溯歷史足跡
說好不去多所觸碰傷痛
飛得既高且遠
誰都不必在乎
飄飄飄
白雲神氣且自在

2010.6.4　逢甲大學

幾滴雨形將變天

也許多寫一首詩
可以更加寬心
多靜一靜也是好命
人生幾多綢繆
風颼颼的吹
幾滴雨表示即將變天

2010.6.4　逢甲大學

享受愛妳

未知天空飄著小雨
是不是也是淚水
妳在那頭
不語無聲的歲月
或許落葉也是痴心
默默想著
放下負擔
七色彩虹不留痕跡
即使路途迢遙
海角天涯落寞
真的
享受愛妳

2010.6.5

城市心跳聲

街頭的那些人潮
會是為了繽紛而來
否則怎是彼此指指點點
莫非讚歎

紅男綠女黏成透明膠布
也許這一條愛情路
因為忙碌而擁擠
由於雀躍更興奮

霓虹開始噗通亮成王國
是商業掛帥的美麗
響在耳際
即使噪音也如同歌聲

2010.6.12

望

我一直擁抱力量
花開得燦爛
管它這一生能有幾次溫暖
遠方的雲不也是想回家
妳像斷線風箏
冷風一整夜
只顧笑我

2010.6.12

花詩

蝶牠依戀著甚麼
是痴情總被無情惱
還是管它逝者如斯夫
飄零墜落的花兒
在泥中早已顧不得曾經嬌羞青春
美麗似行書
飄飄
未知何謂此生素雅挹芬
總玩味出入裏動心
與世無爭能是日日的心情

2010.6.18

歸去來

要看那比山還高的志氣
抑是比水還深的愛情
山莫非卓然不與人同流
水來水去一世溫柔只是漂泊
至深的那一抹綠像風
唉！為何總是匆匆
記得帶些回憶返家
那些鶯鶯燕燕
也是嘈雜

2010.6.18

寄意

寄意

像是風箏只是自顧在那兒

自得其樂

我未曾再次回眸

來到異鄉

白雲千里相迎

難道此際依舊滄桑

踩著小徑縷縷炊煙裊繞

放心邂逅那些迷人的花

2010.6.18

流水青春

只記得起風時
某些落葉也是繽紛
斷斷續續找回年少初心
隨境轉念是流水
幾多盤桓
溯溪
陽光下盡是笑靨燦爛
百花瀲灩

2010.6.19

曾經美好

我只是靜靜
玩味著這塊璞玉
失眠
像是昔日翻來覆去
是暗白神傷為情憔悴
還是竊喜
夢中想妳

2010.6.19

塗鴉

一直塗來塗去
為了安撫無聊情緒
那些旋律藏在心中
是風雨為我們洗塵
拂拭彷若無形無影的記憶
何處不是寶藏
只是輕描淡寫
就看不到滿滿
深夐的落寞
淚水的閃爍

2010.6.19

茶覺

為何昨天念起你
今天你就來
原來這杯茶會有很深的意趣
飲罷彷彿看到汝窯雨過天青
還是茉莉純粹清芬
啊！春去秋來
不時寒暄
我一直等你品味

2010.6.19

默契

也許流動著
莫道這僅是某些可以信服的福音
如水
愛只供作交換彼此成長
我們擁抱理想
我們喜愛談心
提起這一絲一毫的感動
恰似浪花滾滾多變
人海中
我非無心冷血
妳絕對不願看到我失落
掉入這萬劫不復的輪迴
逆轉的是千山萬水
雲月未可捉摸的美

2010.6.19

靜坐(一)

紅紅的筆跡不是謊言
怎怕冷風來襲一夜成秋
切莫怪罪無妳相伴
我胡亂書寫
也許靜坐可以是仙
無法出賣靈魂
而江湖浪蕩
不會只是為了
生活

2010.6.19

迷濛

某些思緒化作一隻彩筆

畫著如許熟悉的沈湎

那一位長髮女子會是唯一如蜜

激發澎湃的動力

就讓高溫成天象徵愛情

今夏獨缺伊的笑聲

互動的歷史是長長的詩篇

流浪啊低沈

別了聖盃湖的嚮往

走入短短的歎息

愛與不愛並非是非題

鳥兒可知多雨的氣候更能沈著守候

在非常文明的世紀

八煙聚落像是傳奇

煙霧迷濛

難道妳我之間

亦是

2010.6.20 嶺東科技大學

問

沒有油彩畫筆大家依舊相安無事
愛情像花雨傘
能遮陽還是避雨
藝術公路塞滿車輛
我們的目的地縱使不會一樣
誰是超級Sales
是畢卡索還是安迪・沃荷？

2010.6.20　嶺東科技大學

歌兒我唱妳來和

暫且不附和風雅
說甚麼甜甜蜜蜜能詩可畫
多一些屬於禪與巫的精神
那些松風帶來文人的無爭
也是默默玩著書寫的過癮
能不能讓愛與夢皆落實
走走復停停妳說這就是人生
千百年來說都說不完的故事
我們來不及呈現完美
容我如痴如醉玩味
有風有雨考驗沈重步履
是甚麼之力量鼓勵
世故打擊不了童心
恥笑拒絕不了喜悅
我忍著要與妳分享
歌兒我唱
妳來輕輕和

2010.6.22

青春之飛

若是不能與風同步

歸向山巔水湄

無法讓心敞開飛躍

再多的黃金歲月

或許仍將成為回憶中美好之憑藉

妳真是那飄搖世界唯一的美

對於奚落我並不擔心

就乘著感性翅膀翱翔

依然日復一日盼望珍愛

太陽下山明朝依舊爬上來

2010.6.23

心河

我走入一個純粹心的國度
不斷向迂迴曲折頂禮探問
我的心壓根兒沒有想擠出甚麼字句
只是寫著寫著最是安定的極敬意
思念遷徙輾轉
何止逡巡深刻流淌
花團錦簇容不得一波接著一波
沈淪失落
我們放在心上不說
我們的愛汩汩而流
緜延不已生命之歌
或者僅是一條無名之河向東
靜靜流向大海

2010.6.23

今夜雨在霧峰跳舞

今晚的雨

宛如被請來

是愛爾蘭的舞者

在跳舞

踢踢踏踏

唰唰刷刷

忙跳舞

用心在我們霧峰

翩翩舞動

驚天動地噼哩啪啦

如雷貫耳咕吱咔喳

啊！一場好大的世紀盛會

愛爾蘭踢踏舞

最極致

難忘的夜

在霧峰

在我們心中

今夜雨在霧峰跳舞

今夜我們有夢最美

2010.8.23

飛馳趕路在高速公路

飛馳
在趕路
在高速公路
窗外的風景
是繽紛的時光

飛馳
在趕路
在高速公路
窗外的風景
是彩虹的故鄉

飛馳
在趕路
在高速公路
窗外的風景
是失落的天堂

飛馳
在趕路
在高速公路
窗外的風景
是多情的感傷

2010.8.25

詩　祂是

詩
祂是感動之
魂

詩
祂是意象之
蝶

詩
祂是讚歎之
神

詩
祂是柔情之
女

詩
祂是不老之
仙

2010.8.25

白雲

某日
我看到
穹蒼上唯一的那一朵雲
是達利超現實的夢境
嘴唇造型的沙發
請上坐
會是達利更純真
更自由的心情
我將問號
掛得高高的
我將驚歎號
畫得大大的
會是未死的心
未老的人生？

2010.8.26

花兒每年都開

有一些莫名所以的悵惘
其實很多花隨風搖晃
我的初心當是經典日月星光
至美的世界
還是無人賞覽
自顧悠閒
花兒每年都開
做為四海為家的芳香
飄飄搖搖
美麗就只是這樣
不復記憶
伊人呆坐一隅
孤索讓風喋喋不休
莫非蝶兒
斷腸

2010.8.27

輕歌(二)

那些叫做美的
點點滴滴
留在腦海放在心上
任由風吹
帶不走
留下
不會是天邊的彩霞
輕輕哼
一首大家熟悉的歌

2010.9.30

眷念

記得依然
我們不曾遺憾
薄暮時分
有人帶著倦意
匆匆照面
這生命的春天
像落葉墜地
只是歎息
只是不捨
依依

2010.9.30

夜深在畫裏

愈來愈是輕揚的心情
東奔西跑道路迴繞
那是深情的筆墨
是千山萬水不拘小節的節奏
我愛在夜裏探路
忘卻花朵清芬
入夢
筆觸畫過
有笑有淚
彩跡斑斕
未乾是久別我們的淚

2010.10.1

像夢

記得那些堪以慰藉的
完全是無傷大雅的美
匆忙的行程需要歇腳
風吹得好遠
我並未瞭解
青春的走向
像天空的一抹白雲
走走看看
笑笑停停
夢煞為真實
但真實的世界像夢

2010.10.7　國立臺中科技大學

思緒

會是時運不濟
也許有苦難言
那花莫開得太早
那水莫流得過遠
慢慢整理廢棄的花園
進入思緒的圍籬
渴望再次年輕
對著校園孩子們的喧擾
憧憬加深
玩味記憶
也摸索熟悉
生命白雲蒼狗
昨是今非
雨滴滿身

2010.10.7　國立臺中科技大學

迷離世界

慢慢我在飄移中
觀照著世界和我的關係
我的呼吸照舊
像小鳥成天雀躍
馬不停蹄
也許我們就這樣
老去
多了某些經驗以及記憶
在境遇中彳亍迷離
望向天邊彩霞
物換星移
我們必須打氣
為明天
不，先為今天
難以招架而也別無選擇
我們的
際遇

2010.10.8　逢甲大學

英雄傷心

我說這輩子只是盼望
為了轟轟烈烈的愛情
混身佈滿酒味
其實玫瑰花早已凋萎一地
是否有人懂得珍惜
美麗的午後
總是格外淒冷
讀妳念妳
在每個孤獨的舉杯行酒中
沒有英雄只有傷心

2010.10.8　逢甲大學

獨坐

不知這是否真是石沈大海
千里關山無聲無息
世界熱到極端
冰涼的心
這是命定
捉弄著感覺
深沈記憶
默然以對
遠遠仰望星空
宛如獨自徘徊

2010.10.11

秋

那是遠去的招撫
在夢裏才會具體
未知我要擡頭還是收回好奇
思念轉為一地狼藉
是秋的哭泣
愈是迷離
也是歎息
翻開記憶
任風胡言亂語
讓水繼續拉著琴弦
感受冰涼

2010.10.29

未央眠

御風而行
一葉扁舟
是眼前唾手可得的美夢
是春去秋來的真心
也許醉了以後全是荒謬
為妳痴狂
為妳流淚
啊！
美的是
逍遙往往最是繾綣的
未央眠

2010.11.22

風景
── 向松尾芭蕉致敬

無可厚非扶搖直上
某些矜持
留連忘返
我們攀越
山山水水一路歡喜
風生水起
順適跳躍
田園之夢
噗通噗通
四處蛙鳴

2010.11.24

薄暮以後

是甚麼樣的風讓我迷失方向
為了三千五百個理想飄泊滄桑
謎樣的行踪
是喚不回悵惘匆忙
唉！喝一杯茶也是浪漫
熱的心
盼望
薄暮的懷裏
一輪紅太陽隱入
就預告
今宵多珍重
別後細思量

2010.11.25　國立臺中科技大學

沒有回眸

終於沒有回頭
怕太想妳
擔心星星交頭接耳勞騷抱怨
就讓月牙子唱獨角戲
我們的顧忌只是多餘
不會因為流淚太多
感情就會特別升溫
其實
無雨的夜
顯得格外寧謐
我們的青春過度縱情
就怕沒了默契
風雨飄搖
依然相信自己可以
是中流砥柱抑是過眼雲煙？

2010.11.25

匆匆

是風的約會
未曾約定
午後獻殷勤
不期而遇
也是溫柔也是愁
無聲無息
伊人
如何教我不想
難道浪漫
只能匆匆

2010.11.26　逢甲大學

是不是　繽紛

是不是未知是多雲晴時
那夢亦非夢的春天
我打小巷走過
就邂逅那美麗的曾經

2010.12.6

可以

含情默默
迷離
我愛戀那色彩是流行
是姹紫嫣紅的張力
是鏗鏘的流金歲月
也許真的
可以靠妳好近

2010.12.8

這些日子以來

胡書瞎寫
妳不能禁止我不去想妳
東張西望
風不能捕捉我孤獨的身影
三百六十五天
迷迷糊糊走過
渾渾噩噩的懦弱

2010.12.8

九里飄香

也許有一天發現
人比花嬌
原來心情轉換
這世界只是虛幻
未曾見得落英繽紛
陽光灑落
會是一地迤邐
探頭清芬
九里飄香的心情

2010.12.13

為了看妳

不用再說
若非今夜星星閃爍
怎會是怦然的心跳
明朝約定
我們再次聚首
再次訴說
一年前註定如此默契
也許天南地北扯東扯西
還不是為了看妳
為了
這說也說不完的
話題

2010.12.13

甘願

花就在妳家門口綻放
就在這想念的國度繽紛
是風的向晚姿影
是愈來愈囂張的苦戀
因為妳
讓我一直這麼年輕
這麼山山水水的潑彩笑靨
使我像風箏斷線
即使回不了家
甘願

2010.12.13

人生

如許過癮的飄泊

在紅塵大海泅泳

在世紀初的命定

我的顏彩若花隨著歲月

謝了又開

隨之浪跡天涯

埋名隱姓

拿得起放得下

一把泥土或是一把沙

一個童年

一個垂垂老矣的人生

2010.12.13

晚春

為何沒有清醒
無須喝酒也醉
總是綠肥紅瘦的淒迷
是不是妳過於冷漠
冬天來得太早
無法暖和即使手牽手的感覺
心海打算與天爭大
我在世事多變玫瑰挹芬的露水中
定位愛情的力量
沒有祝福的晚春

2010.12.13

千呼萬喚

有一些成長
總是捨我其誰
一直覆水難收
這麼一丁點的盼望
是完完整整的留連
引來千蜂萬蝶的花海
好一個翩翩
勞燕莫要分飛

2010.12.13

鼓掌

萬蝶齊飛
妳自花海走來
波斯菊粲然而笑
依然是歡喜的等待
美麗無假期
我在心中凝望
為妳鼓掌

2010.12.13

愛情

真的
花笑得如此開心
是忘也忘不了的美麗
真的無風無雨
妳笑了
我在一旁欣賞
這也是藝術
生命的藝術
愛情

2010.12.15

我們的世界(一)

想必是微風
來叩門
是有感的幸福
陽光普照
這幸福帶來笑聲
是既振奮復鼓舞的力量
自此沒有流浪
只有耽溺
我們的世界

2010.12.15

愛上默默

從此愛上
默默
生命一格一段
時間一分一秒
走走停停
一直忘我
有藝術
有我殷切的顧盼
有妳漣漪般的梨窩

2010.12.15

相敬如冰

我和妳一直有著
熟悉的陌生
因為太常擡槓
喜怒應對
毫無遮掩
說甚麼
妳都說知道
說甚麼
妳都說沒有新鮮
是否生性如此有待考驗
我們是一對
法律上的夫妻
我們已厭倦
常常膩在一塊兒
即使走路也不再如同往昔
手牽著手

2011.1.1

為甚麼？

為甚麼
一直是風
逍遙的歎息
無爭的流浪
家在何方？
為甚麼
一直是雨
真情的吶喊
悲愴的生命
愛情沈睡？

2011.1.1

相思

是誰用沈默來把生命應對
是誰教我老是執迷無悔
妳像風吹了又走
妳似水流啊流不停
文化教堂有夢
藝術星球如何公轉
撲朔迷離燈光閃爍
冰冷無感都市叢林
隱身人海中
褪去衣袖裸著身子抖擻
我像瘋子
繆思啊繆思
生命的藝術如何持續
沒有歸屬的天涯浪人淚眼婆娑
繆思啊繆思
這隱微的聲息妳可曾明瞭
妳欲拒還留
何苦帶來風雨的摧殘

2011.1.2

愛是一直不變的信仰

打個哆嗦會是世態炎涼
怎是因為天氣
這一季的美麗
唯獨遠離
進入看似陌生的國度
愛是一直不變的信仰
有夢最美
讓心起飛

2011.1.5

為何緘默

誰將妳冷落
誰將美拋卻
那些風風雨雨很快
散去
這些未知的步履將向何方
應該可以平撫
為何沒有堅持
妳的笑意盡是一陣風
為何緘默
何以躲在
角落

2011.1.5

口頭禪

歲月悠悠
望不到迷濛深處最真的心
大海航行
我們繼續擺渡
以堅決前行
期待光的雀躍
捉迷藏的愛情誰會相信
永遠甜蜜如同千句萬句
口頭禪

2011.1.5

夜來香

夜來一定香
這是捎來平安
純潔的花蕊
一直是善的分享
這世界的美
妳最懂得玩味
脫俗是忘憂的平凡
高雅乃從容的芳香
也許
妳忘了
我們至深宛轉的歌唱

2011.1.5

噗通一聲

一切都是吉祥

因為落英繽紛音樂揚起

我特別趕來探望

昨夜滂沱大雨淋溼了妳的衣裳

依然妳信守諾言來回盤桓

我未能懈怠上緊發條關心

妳莫成天發呆默然無語

我只要能靜靜看妳

妳笑妳美

像那池裏噗通一聲

起漣漪

2011.1.5

留白騰空

不能再去在乎不明白
自從霜落以後夜就愈來愈趨寧靜
守候在紅塵一隅
天空不再通明璀璨
因為神祕一直是美麗的召喚
就讓記憶騰空
讓意志如影隨形愈發昂揚
如果留白也是詩歌的間奏
那我寧可選擇流浪
最起碼還有不痛不癢的風一直相伴
即使狂吠幾聲狗兒也很人性識趣
隆冬
就溫一壺酒
沒有豪情卻能瀟灑
獨酌
不是李白
對飲成三人

2011.1.6

寫詩

涼風如冰
氣溫很低大家都想取暖
於校園一角寫詩
恐是安慰也品嚐酸冷滋味
不是執迷不悟關於愛情
匠心獨運的人生
隨時都能感受作品
連鐘聲都會將人帶回年輕
活氣動力一直不減
歡喜浪漫陪我渡過諸多時光

2011.1.6

歡情

在現實中我們一直無心
沒有戰戰兢兢非比尋常的憂患
隨著季節雨的滴淌
好悠閒之人生儘收攬世界的驚豔
我們可以輕輕哼歌
靜靜移步如同華爾滋
候鳥也是以喜歡與否來作判斷
淺淺的呼吸就有無上美好
蝶來翩翩
妳靚靚似一盞盞燈
華燈初上輝煌閃爍
好一個十足加冕的城市
我們的歌和記憶
更見證了我們的青春
我們的歡情

2011.1.7

最美

或許花是忘了回眸的深情
歲月如梭
如歌行板的
我們儘管漫行
我們無悔青春
在空間迴轉不是身世成謎
妳是最美
最美的雲

2011.1.8

喟

有著世事多變的痙攣
有著冷風飄泊的淒涼
就這麼陽關三疊
已是往事蕭蕭
未曾明瞭亦無須執意堅持
依然我呆坐如石
輕歎似落葉
隨風而逝
蒼涼

2011.2.23　國立臺中科技大學

謎

這是風和鐘的午後
在校園響開
綻放出悠然的花朵
美麗
人生的行旅
只是漫漫
未知的
輕揚的
期待清晰
如石塊掉入水面
丼一聲
成謎

2011.3.10　逢甲大學

掌聲

也許風比我的心更早報到
為了雀躍不惜遠離熟悉
在漫行中
我只是鋼索上的小丑
餘光所及
忘了膽怯
你的掌聲
令我更增信念
於最初的感動上
在生命這條路上

2011.3.19

藏不住的愛

瞻前顧後分分秒秒
展現這滿園記憶的花朵
來到這異域
這城市的喧囂
沒有絕對的好
而療癒創傷需要時間
糾纏還是天光雲影
淙淙流不盡的相思
是我對妳最多最多
藏不住的
愛

2011.3.19

妳（二）

忘了打聲招呼
忘了回家的路
沒有關懷的喧囂
得知天涯海角
妳是陌生的雲
在臺北的天空
在我的心中
在欲走還留
撐傘的雨滴
寒氣中

2011.3.19

放下

形形色色
深呼吸
進入超現實場域
呼風喚雨
最好一笑
恩怨放下
像風

2011.3.19

浮沈之間

最多的色彩
在城市中迷離幻化
我不是飄浮的白雲
浮沈之間匆匆一瞥
如戲的人生
風華猶拋物線揮出
留下美麗
撐起希望

2011.3.19

微風隨筆

也是韶華依稀的飛逝
何必有所牽連堅持
滴彩一直是帕洛克的夢境
蝴蝶自心中飛起
揮別某些記憶
一直有愛
清晰啊清晰

2011.3.23 國立臺中教育大學

這樣春天

我沒有反對印度櫻花四處撒野
我也沒有責怪瑪格利特胡亂搞笑
陽光報到
這樣的春天
如此歡喜
早早擁抱
浪漫是無聲的melody
朝朝暮暮美麗
美麗真好

2011.4.1　逢甲大學

希望

呦
我是翻山越嶺的風
我一直在測探冷暖
我一直在擁護自然
真不知面具何用
兩個人的世界宛若溫室
花不停的開
我們的美帶著香味
在彼此的心田綻放
於太陽升起的地方
熾烈發光

2011.4.1　逢甲大學

朗誦詩篇

打開門
打開世界
這一地的溫暖是春日的陽光
是不是情感泅泳
任想像漂流
流向真愛的伊甸園
轉為山光水色的容顏
鳥兒啁啾
我們的四季擁有深沈感動
花開花落
燈熄了
記得那約定
保有默契
朗誦詩篇

2011.4.1 逢甲大學

在遠方想妳

曾幾何時
我是一片流浪孤雲
移動正是世界風情
返家只是為了安心
走走停停
掩飾不了大夢初醒
穹蒼繁星伴月
我們的約定顯得荒謬
我們的幸福只是流行
值不值得玩味
但看這世界
缺不缺愛
容不容得關心

2011.4.1　逢甲大學

率意歌唱

何必在乎歲歲年年
一波接著一波前行
文明的矩陣沒有確切方向
城市是普普的天空
宛然潑彩的力量
隨機應變善待自己
蒲公英的人生
會是結局淒涼
那麼還是不去滿腹牢騷
率意歌唱
絕對是
真實的窩心

2011.4.1　逢甲大學

生趣
── 記麻雀與松鼠

編織綺麗
如果跳來跳去也是音符
我們一生必然值得安慰
活著必須迎接甜蜜
身影婆娑
我們不吵
我們並不孤單
人們的善意
讓我們更加展現寬心
忘機的生活
我們一直都能是這般
與世無爭

2011.4.1　逢甲大學

我們的世界(二)

有一些美只是傳奇
妳說風吹得太急
吹散了我們的默契
離情依依
也能是陽光粲然
珍惜這聚少離多的歲月
我們一直可以相看兩不厭
可以始終沐浴在愛的世界

2011.4.13

愛的時光

那些恒然逍遙的風老是匆匆
為何春天晴時多雲
花的美麗歌唱
不是無聲無息的曼妙
我僅是想
分隔兩地
讓我們學得堅強
那些花一地繽紛一地芬芳
不免它使我們神傷
輕輕走過許多許多
愛的時光

2011.4.18

愛情學堂

有一些美好不只是感覺
有一些傷心不能放在心上
戀的航渡歸向遠方
情的世界更加溫暖
何必故意吵吵鬧鬧
難得跳過迷迷惘惘
探觸夢的軌跡
我們走在這一狹隘的巷道
那是風雨無阻念念不忘
關於愛情學堂
不斷傷風
繼續感冒
笑一笑

2011.4.18

人性自然

就讓記憶模糊
不想回到那最初的傷心
負氣的太陽不再覷覰
月亮又何必躲躲藏藏
莫非出奇不意也是烏雲把戲
是在導一齣紅塵能使人覺得高潮迭起的戲
我們天真也得認真
一直低調也要誠摯
因為能留下的
都是順乎人性
脗合自然

2011.4.18

倩影似筆墨

蝶兒歸向浪漫
超越花枝招展一路堅毅
雲淡風清
為著某一種關心
我們寧可細膩看待生命
即使回首也能是開心
彼此祝福放下淚水
在駒光流逝中
留下妳的倩影
潑彩如畫的春天
一路如此看待
真情創作

2011.4.18

繾綣

我一直都是如許大夢初醒
未敢打開潘朵拉的盒子
教人繾綣不是曾經
難得的記憶現在進行式
未知的旅程是氣味馨香
心的花園栽植滿滿的愛
且記得聞香下馬
下馬之後不再飄泊
不再淚眼婆娑

2011.4.18

靜坐㈡

一直靜坐
如同石頭
水池的清涼亮出朝氣蓬勃
我們擁抱花花世界
春天的腳步沒有畏縮
即使只是尾巴趕緊抓住
我們能有諸多美麗的夢
相安無事
繼續自我催眠

2011.4.18

愛得太深

那些風花雪月
是不是也能夠明明白白跳出已知
變成意趣橫生的藝術
人生擁有許多選擇
對於感情無法冷默
走出冬眠進入春天
那是一種幸福
沒有猶豫
願花常好月常圓
何以認識太晚
卻又愛得太深？

2011.4.26

一頁頁如詩的美好

就這樣
痴情最多只是受苦
花謝了又開
我們的青春我們的夢
愛的世界珍惜保重
人生的歌為何少有人聽
為何迷惘
狂風暴雨使人鎮定
曾經
歷歷在目
是失落的美好
是一頁頁只堪閱讀收藏的詩

2011.4.27

山高水長

我們在紅塵流浪
關於山高水長為何嚮往
這一趟行旅
會是萬里迢遙凡事盼望
妳是七里芬芳遍地香
是月兒高高咧嘴笑
不醉
卻好久好久沒有回神

2011.4.27

駒光之歌

隨季節飄移
因為風向未知迷離戲劇
未得暢然的心事
是天和地的默契
我怎能清楚
多少灰飛煙滅盡都笑談
我在春和秋之間跳躍
月牙彎彎
我的心痛和著涼風
未知不是悵惘
只是皺紋寫出殘忍

2011.4.27

青澀歲月

是不是茉莉嬌羞
禁得起風雨無情
依然
靜靜是一直居心善良
我們的誓言能是考驗
愛但願等比級數成長
長長的街弄留有身影旖旎
花園美麗
可惜我們不再年輕

2011.5.5

虛的畫面

記得那些可以清晰
不一定美麗的片段
展現妳似乎灑然世故
即使織錦也是不起作用
我們的世界只是一團迷霧
走走停停望望想想
未知能夠如何起落
此生一則傳奇
一種沒有拘限的畫面
是詩還是畫的本質
感動人心突如其來

2011.5.20

淚水

像水龍頭被扭開
回憶
眼睛泛紅
讓心事
一瀉千里
猶若撞見蝴蝶
一躍而起
翩翩
飛向模糊的遠方

2011.9.10

創作

創作酷似一種病
患時滿身激情
山洪爆發般
不得不去畫室待命
不得不快手快腳舒展
你說我是一個不講理的瘋子
一個超脫序的魂魄

馬上見分曉
不可一世的勁
百發百中之猛
日以繼夜排山倒海
如果可以變得理智
我也不用搞得人仰馬翻
被視為超級麻煩份子

2011.9.25

有夢輕風

並無多些時間可以發呆
在溫柔秋風的懷裏沈睡
即使未知亦是美
鐘聲打亂思緒的輕揚
走過同一條小巷
那長滿青苔的路面有著逝去的愛
能不能收拾起玩興邁向成熟
怎麼還是不見秋菊沒有雁鳴
啊！這是南方依稀陽光普照
年少輕狂中年夢
返身卻緘默
有夢輕風
夫復疑慮竟是飄泊
怎是唯獨唏噓
再添皺紋

2011.10.7

春葉落滿地

那些會飛的
恰似瑪麗蓮・夢露性感之唇
乃今晨最燦爛的意象
我方走入涼意
當下除了三月花花草草出奇繽紛
還有妳那深情款款倩影的姿色
絕對予人驚喜
流露滿地溫存

2012.3.1

戀上茉莉花

去古董店
卻看上一盆老邁的茉莉花
哈哈
不好意思問價
默默離開
忍著以便相思
哪天再去同主人敘舊
再去看看重溫它清純的古樸
以及它含羞的典雅

2012.7.29

今天，馳騁在高速公路上

馬路就是一條輸送帶
時間跳恰恰
我的心在地平線上度假
只不過是一趟旅行
只不過是一種莫名興奮
我愛晴空萬里看到雲朵飄泊
其實飄泊也是一種靈魂的試煉
風雨　是不是已倦
江湖　是不是太悶
我沒有捉住那一朵雲
是不是這個世界只留下

一則一則的回憶　　像神話
一本一本的日記　　猶塗鴉
翻出心中的風景
是初醒的太陽
還是半睡的月亮？
一半快樂一半憂愁中
我跳舞我歌唱
在生命這一條高速公路上

2013.1.8

南方魚不適應北方天氣

是不是未得明了
土地的容顏
來自四季
得悉雨季已過
南方的魚
不適應北方天氣
北方的鳥
都來南方棲息
會不會是單薄的思念
在彼此之間
啊！緣起緣滅

歸去來兮
東西南北
是沒有方向的淚滴
蹣跚踽踽
看著影子爬樓梯
雲兒嬉戲
淒迷
夢　甜蜜
情　風雨

2013.3.22

日本紅

帶著古典的氣息
帶著潔癖的喜氣
歷史中的時間感不被沖洗
內在節制
外在清醒
大和魂
是櫻花　是富士山
是圓空　是棟方志功

2013.3.22

相思樹

神啊！
祢是擔心綠在春天
孤寂
還是哪個頑皮的小孩
撒野
碰到祢他只好乖乖聽話
聽從祢的建言
用黃潑灑
因為黃是陽光
黃是神聖
黃是尊貴
東一撮
西一堆
晚春直到盛夏
黃色的夢
無聲喧嘩

2013.5.5

今年臺灣非常米羅

從史博館、高美館再到國美館
女人小鳥星星
喧囂成童真的浪漫
未知當下西班牙亦難逃經濟寒冬
放洋的藝術家作品
不只是文化的皇冠
其更是柔軟人性的
米字黃金
是帶著光彩的靈性赤心
是帶來雀躍的天使化身
領我們一起進入
我們少有繽紛之超現實天堂
我們未得開闊的烏托邦美好

2013.7.2

小魚

小魚牠不知道這個世界步調太快
小魚牠不知道人生所為何來
小魚牠無需在意別人對牠的注意
小魚牠的快樂就是只顧自己在池子裏游泳

2013.7.22

歌・詩・畫・心

那些歌
是誰在唱
唱給誰聽

那首詩
是誰在寫
寫給誰吟

那幅畫
是誰在畫
畫給誰賞

那顆心
是誰在想
想給誰知

2013.8.30

木麻黃

風依稀嘶吼的威武雄壯
只有你剛直個性的逆來順受
屹立在靠海村莊的草地風情
看似不甚起眼而也一直未曾改變
朝朝暮暮風雨無情摧殘
只有輕輕沒有歎息的搖擺守候
穹蒼烘托出你綠林英雄的灑然
也許一群野鳥就令你驚喜一整天
潮來潮去你甦醒的生命日愈發光
就當你是念舊的鄉民也是土地上不死的老兵
你的盡忠職守比任何一隻狗還要執著
在歷史的冊頁中無法看到你的戰績輝煌
你說你是沈默不語的老僧
亦是老而彌堅接受摧折打擊精神世界之冥想者

2013.10.22

感覺貴族
—— 悼盆栽

樹的模特兒也需節食
盆栽是人讓樹如綁小腳對待
奇絕是美亦等同是誇張的樸拙
亦等於是極致的人為促狹
自然是無言的智慧
難道盆栽是小巧可供疼愛
被馴服的獸
牠是人類慾望被具體化的風雅
有生之年被囚禁的靈魂
是要讚頌還是暫且放下
是金唯獨沈默
是美尚得包容
友人道：「子非魚如何強辯？」

油然有著泫然欲泣的感覺
由中國至東洋乃至西方國度
這也算是東方版圖的世界化
手術檯依舊血淋淋
展售場引來人潮
我是善感未能通透明白
平日我也養小小榕樹盆栽
難道我也是必須撻伐
如同盲流有失忠厚
玩物喪志哪配稱得上是感覺貴族？

2014.1.19

心中風以柔美觸撫世界

風如母親撫慰兒女的心腸
風如愛人近身纏綿的觸感
風如旅人暢快舒爽的流浪
來無影去無蹤無涉歷史亦無任何包袱
風啊風你以大無畏的精神化作老鷹一般堅強的翅膀
風啊風你以最神奇的方式帶走生命的一切苦難憂傷
白雲蒼狗這世界時時刻刻都在改變
這世界唯獨天真善良堪以珍視永久典藏
必須具備信心勇氣方不致於徬徨
歸人的溫暖是心中一直有陣陣微風撩撥生命之絃
更有雨過天青令人驚豔象徵希望的彩虹為伴
畢竟是風　觸撫大地猶母親毫無計較一生的包容
一直很美　溫柔浪漫於自由自在無邊無際的世界

2014.6.10

真理

妳說這世界真美
因為愛
妳說甘不甘心只有年輕
我的諾言不會改變
讓心打開
那窗明几淨是禪
桃花源不只留在陶淵明的夢裏
歲月如梭流轉的節奏
這一頁頁的畫面
烙印我們一生的美麗
且將支持妳我擁抱愛情
如同真理信仰

2014.7.15　逢甲大學

夫妻樹

只是一種仰望
一段一段的成長
閱歷不致完全等同於年紀
有著驚艷的氣息
晴空萬里趕走憂鬱
群山裏囀鳴的旋律
乘風而立
形影不離
望天
不曾寂寥
白雲
最堪交心而且
見證愛情

2014.7.24

巫靈之飛
——關於眼鏡蛇藝術群（CoBrA）

識得文明的迷失

由內回到最初

童趣　原始　感性　自由

繞了一圈靈魂不會改變

始終清醒

開心捉影

面具摘下

恣肆大膽

重口味的過癮　七彩人生

真趣味的永恆　靈性翱翔

2014.7.24

國家圖書館出版品預行編目資料

妳的倩影—黃圻文情詩精選集／黃圻文著
--初版--南投縣草屯鎮：臺灣音‧悅工場，
2014.09
面；　　公分

ISBN 978-986-90973-0-7（平裝）

1. 現代詩

851.486　　　　　　　　　103015819

妳的倩影
——黃圻文情詩精選集

作者／黃圻文
編輯／黃圻文
美術設計／黃圻文、林高賜
封面繪畫‧題字／黃圻文
攝影／張美華、林高賜

出版者／臺灣音‧悅工場
地址／54251 南投縣草屯鎮御史里中正路1568號
E-mail／st920365d@yahoo.com.tw
讀者服務專線／0939-578030

印刷／振暉美術印刷有限公司
總經銷／誠真喜院
地址／41345 臺中市霧峰區錦榮里成功路89-12號
電話／0939-578030
初版／2014年9月
定價／380元